励志主题　激发正能量
精神之钙　感悟人生

选择坚强

诗歌选集

刘大纶　著

东南大学出版社
SOUTHEAST UNIVERSITY PRESS
·南京·

图书在版编目(CIP)数据

选择坚强诗歌选集/刘大纶著.—南京：东南大学出版社，2019.1(2019.3 重印)

ISBN 978-7-5641-8204-5

Ⅰ.①选… Ⅱ.①刘… Ⅲ.①诗集-中国-当代 Ⅳ.①I227

中国版本图书馆 CIP 数据核字(2018)第 293234 号

选择坚强诗歌选集

著　者　刘大纶

出版发行　东南大学出版社
社　　址　南京市四牌楼 2 号　邮编:210096
出 版 人　江建中
网　　址　http://www.seupress.com
电子邮箱　press@seupress.com
经　　销　全国各地新华书店
印　　刷　江苏凤凰数码印务有限公司
版　　次　2019 年 1 月第 1 版
印　　次　2019 年 3 月第 2 次印刷
开　　本　889 mm×1194 mm　1/32
印　　张　5.375
字　　数　90 千
书　　号　ISBN 978-7-5641-8204-5
定　　价　36.00 元

本社图书若有印装质量问题，请直接与营销部联系。电话(传真)：025-83791830

态度决定一切
（总序）

沈乔生　李宗贤

锦伦兄微信上发来刘大纶的诗稿108首，让我们为即将由东南大学出版社出版的刘大纶的诗集作序。锦伦兄介绍说，大纶也是华东师大毕业的，读的是经济专业，目前在一所高校工作。前两天我们读到了大纶的自序，写得很坦率，对生活、对遭遇重病的感受，坦陈心迹，抒发真情，一点没有矫情讳饰，我们感觉到作者是一个真实的人，这种感觉有利于读者进入到对他诗稿的阅读中去。

我们可以想见，经历过病痛折磨而艰苦抗争的人，意识里会存满了同类的人物以自励——人是需要精神支撑的。大纶的诗笔下确实反复出现了贝多芬、霍金、奥斯特洛夫斯基、孙膑、张海迪、阿炳等励志人物，在《命运强者》《成功的背后》《生命的礼赞》里，都提及了这些逆境英雄。不屈服命运成了作者执着的坚持，在《执着》一诗中，作者把抗争和坚持分出了三个境界：痛苦里的煎熬、孤独者的坚守和成功前的希望，这很接近于王国维治学的三境界。很明显，有关坚强不屈、执着坚持的信念的阐释，是作者诗集中的精神旗帜，这个旗帜昭示了生活中人们应有的基本态度。

人生是有基本态度的。公众认可的态度就是以人文精神为底，对自我、对他人、对社会、对自然界，持有一种基本的尊重。中国社会历来尊奉的仁义礼智信这么一个社会伦理秩序，其骨架正是这“尊重”两字。按现代理念的理解，只有对任何一个个体生命的尊重，才能撑起现代社会的框架。但是，两千多年来，我们往往只是强调仁义礼智信这个富于弹性的肌体，而缺乏“尊重”这个骨架的支撑。我们读《选择坚强》，欣喜的就是感受到了作者传递给读者的积极因素，感受到了“尊重”。一首《短歌行》，就表达了作者基本态度里面的系列内容：节、勤、孝、善、德、韧、信。这些基本的人格内容，可以说布满了诗集中的每一首诗。

出于对生活的热爱，作者对自身和外界的体察和认识拥有新的方式，人生的种种经历更易于情感波动。《英雄》中“有大爱，遇挫强，真感动。无论出身，即使平民亦英雄”表达的英雄观；《输赢之间》中“输的时候，千万不要沮丧。赢的时候，千万不要狂妄。其实输赢之间，只是发挥在临场。在竞争结束之后，都要准备下次较量”表达的输赢观；《红烛不熄》中“红烛/是流出来/便不必回去的汗水/是一片荒野中/矗立着的教学楼群”表达的职业观；《青春放歌》中“哪怕生逢绝境也要浴火重生”的青春宣言；《夜空中最亮的星》中“人生匆匆如夜空过往的星星，无法与日月争辉也要做颗最亮的星”、《伴月星语》中“如果能终生陪伴着你，我要做最亮的那颗星星”的生命寄语；还有一组花叶类的咏物诗，或以明品节之高，或以喻生命之重；这些内容无疑共同呈现了满满的正能量。

和高扬的价值观、人生观相呼应的是人间真情的抒发。夫妻的鹣鲽情深（《长相守》），父子的舐犊情深（《父爱》《这辈子等过你》），知音的高山流水（《懂得》）等等，本身也是高扬的价值观、人生观的必然表现。尤喜《父爱》和《这辈子等过你》，一个写父亲如何无微不至关心“我”，一个写“我”对儿子的深情等候，这是在告诉人们，人类的真情就是这样接替传承着的。

《黄河壮歌》大约是诗集中内容较厚重的作品。一段主歌，三段副歌的结构，分别写了黄河历沧桑、多劫难、治黄患、利全民的内容。说它厚重，是因为能看出来，作者是把黄河当成民族的历史和现实来写了，表达了对国家治理发展的期待。我们似乎能听到副歌部分一唱三叹式的循环唱响，看到滚滚黄河水奔流东去的壮观情景。

诗集约有20首诗，用了一唱三叹式的结构。我们注意到这个情况是因为现在的诗者大都不太爱这样的结构，他们喜欢天马行空、无拘无束、自由分节的结构，他们比摇滚歌手还要厌恶规矩，采用三段体的结构等于要他们做排比段，要搜肠刮肚安排文辞和内容的平衡和匹配，这容易让读者比照验证出文辞和内容的优劣、精粗、雅俗、文白。2016年诺贝尔文学奖得主鲍勃迪伦还不辞辛苦地写了很多三段体的摇滚歌词呢，虽然他弹着吉他吹着口琴演唱的《答案在风中飘》《时代在变》的旋律一唱三叹的层次很模糊。大纶看来并不回避写作一唱三叹式的诗歌，心甘情愿在文辞和内容的平衡和匹配上搜肠刮肚、绞尽脑汁、耗费时间。对一个热爱此道的人来说，这只是一种常态，毫不为奇。看起来大纶是一个唯美主义者，喜欢在一唱三叹中表现这种唯美倾向。《花中四君子》和《荷塘四咏》可以看作是这种审美情趣的延伸。这两首诗都展示了中国画常用四联屏形式组合表现花鸟或人物的审美趣味。完整而精巧，是大纶诗歌创作唯美倾向的重要特征。

大纶是在患病后开始并坚持着写诗的，他是把诗当作了勉励自己、抵御病痛的良方，并且借由诗歌创作，更明确人生态度。在《六个决定助力人生》一诗中，作者说："态度决定一切。"这话是绝对不错的。态度，英语单词是"attitude"。当年读大学时听词汇学教授讲过这个词，说"attitude"这个词的每一个字母在26个英语字母中的位置序号相加起来，总和正好是"100"，说明英国的古圣先贤早就这样认为：态度对于人生，有着决定性的影响。直到今天，不知道是否还有别的词语，它的英语字母位置序号之和也等于100。

这本诗集，充满了积极昂扬的人生态度，充满了动人的诗意表达，这个表达是多侧面的、完整的、真诚的，因而也是美丽的。

2018年12月18日

励志人生

（前言）

谁也不愿意自己的人生道路曲曲弯弯，但是现实的人生旅途并不平坦。选择坚强，人生的路就会越走越宽。

我是一位高校教师，本来对文学就有爱好，诗歌这样能精练表达思想情感的文学形式，正好适合我的创作条件。我利用业余时间，坚持创作。诗歌在朋友圈和微博一经推出，反响强烈，阅读量已经超过 10 万人。因为不少朋友建议结集出版，让更多的人受益，所以我才有了结集出版的想法。我的创作以人生感悟为基础，突出励志主题，用词追求完美，有较强的可读性，使读者有触动，催人奋进。诗歌体裁以自由体为主，同时也有部分格律体。诗歌集是从我创作的作品中精心选取而成，涉及励志、感悟、感恩、纪念、怀古和随笔等内容。

《选择坚强》诗歌选集能激发正能量，弘扬真、善、美，思考人生，感悟人生，补精神之钙。读者从诗歌选集中能获得战胜困难的勇气、智慧和力量，找到前进的方向。诚如此，不枉我的一片苦心，也为丰富人们的精神世界尽了微薄之力。

本诗集的顺利出版，离不开各位亲朋好友的大力支持和帮助，在此表示深深的感谢！

刘大纶

2018 年 12 月于南京

目录

与爱同行

当岁月悄悄地在眼角上留下印迹，
年轻的往事只是渐渐远去的追忆；
当时光任性地在黑发上洒上白霜，
我们的步履蹒跚而不再随意。
不要叹息，珍惜光阴，
朋友相伴使生活有无穷动力。
与爱同行，我们将无所畏惧，
生命的年轮奋勇向前永不停息。

当精神生活突然地受到猛烈打击，
曾经美好的世界风雨飘零；
当平静的心灵不再宁静，
平常的日子里常伴着忧郁的心情。
不要气馁，把握机会，
细心品味才能感受人世间充满真情。
与爱同行，我们将无所畏惧，
生命的年轮奋勇向前永不停息。

当疾病无情地困扰着我们的身体，
美好的生活总是夹杂痛苦的叹息；
当病痛时常折磨我们的肉体，
我们不得不奔波各地四处求医。
不要悲伤，珍惜人生，
亲人的关爱定会使生命出现奇迹。
与爱同行，我们将无所畏惧，
生命的年轮奋勇向前永不停息。

选择坚强

谁也不愿意人生的道路曲曲弯弯，
但是现实的人生旅途并不平坦。
无论你出身高贵还是一介平民，
生活中总会有不顺心与你相伴。
遭受挫折时常常愁云密布满是忧伤，
就像是在长夜中苦熬盼望初升的太阳。
选择坚强不能沮丧，
冷静思考想出办法人生的路就会越走越敞亮。

谁也不愿意自己的身体出现病伤，
但是我们维持生命吃的是五谷杂粮。
无论你锦衣玉食还是粗茶淡饭，
总也躲不过去难以预料的病伤。
病伤缠身的痛苦叫你生活无法正常，
仰望着夜空对着闪耀的星月哀叹。
选择坚强不要悲伤，
积极就医坚持治疗老天会为你打开另一扇窗。

谁也不愿意自己的生活遇到各种困难，
但是在日常生活中往往不会平平安安。
无论你身居高位还是普通百姓，
碰到的问题总是各有各的难。
困难就像是难以逾越的大山，
拥堵在心头找不到前进的方向。
选择坚强不要失望，
亲友相助排除万难定会出现胜利的曙光。

成功的背后

题记：有志者，事竟成，破釜沉舟，百二秦关终属楚；苦心人，天不负，卧薪尝胆，三千越甲可吞吴。

成功的背后是难耐的寂寞，
默默地坚守才会有成功的希望。
越王勾践卧薪尝胆坚守复国志向，
时机到来灭吴成功励志故事后世流传。
李后主难耐寂寞只感叹春花秋月何时了，
最后落得故国不堪回首月明中的绝望哀叹。
同样处境不同对待必然不同命运，
勾践终得王位后主却因寂寞郁闷而亡。
默默地坚守不是消极地等待，
创造条件和机会才使成功有保障。

成功的背后有流淌的血泪，
艰辛而无悔地付出才能有功成名就的荣光。
司马迁受宫刑强忍伤痛继续未完成的工作，
《史记》以严谨翔实闻名成为史家之绝唱。
曹雪芹家道中落一把辛酸泪写就《红楼梦》，
病终前手捧书稿自述十年辛苦不寻常。
他们忍受贫病的折磨斟酌每个文字，
生前却不知其著作给世间带来的影响。
每句话每段文字都饱含作者的血泪，
不经过艰辛的付出哪来经典的永恒流传。

成功的背后有人生的感悟，
仕途的磨难却给后人留下华章。
苏轼仕途不顺多次被贬外地为官，
依然乐观豪放一路留下锦绣文章。
屈原被逐流放汨罗江畔，
楚辞自成一体为文学建不朽功勋。
明朝杨慎外放长江边与老渔翁把酒，
发出滚滚长江东逝水的悲壮。
仕途的不成功并没有动摇他们的意志，
文学上的成就和完美的人格被万世敬仰。

成功的背后有路千条，
执着拼搏会柳暗花明成功在望。
古人失败的教训是我们前进的铺路石，
成功的经历给我们启发和力量。
成功的道路总是坎坷不平曲曲弯弯，
需要我们勇往直前坚定方向。
我们要耐得住寂寞经受住熬煎，
就像度过孤独而漫长的夜晚。
成功的路需要自己去选择和把握，
不懈地追求一定会超越梦想。

短 歌 行

朝阳落日，昼出夜卧。
暑来寒往，黑发白首。
雁过留声，勤耕有收。
碌碌无为，此生枉过。
哺育大恩，孝敬必周。
至亲益友，风雨同舟。
为人心善，必有众友。
处事尽力，失败重头。
名利追逐，遵循操守。
笑看烟云，来去依旧。
山高心远，海阔志酬。
雄心壮志，神惧鬼愁。
脚踏实地，苦干埋头。
苍天不负，胜券在手。
仰望苍穹，彗星穿过。
群星最炫，夜空北斗。

红烛不熄

红烛，
是流出来便不能回去的汗水，
是一片荒野中，
矗立着的教学楼群。

红烛，
是落满白色粉尘的记忆，
是唠叨的嘴角和喧闹的灵魂，
化成三尺讲台前的耕耘。

红烛，
是披着寒衣、伴着孤灯，
重复着圈圈点点，
只是偶尔数着天上的星星。

红烛，
是苦笑着欢乐，
是踩着阴影追赶着太阳，
为着满园桃李，
不懈地付出艰辛。

红烛，
是我们这个放飞圣洁鸽群的时代，
教育已成为一种博大的精神，
向人类辐射一种洁净。

红烛，
也是使黑发染上白霜的过程，
但微笑将变成摇曳的红烛，
永远不熄。

黄昏颂

老树新绿春意浓，
落日余晖映山红。
风轻云淡日西冲，
夕阳晚霞别样红。

乐观三生

生活

热爱生活，
不惧艰辛和困惑。
诸多的不快乐，
就好似浪花一朵朵。
鼓起你的勇气，
如海豚般在水面上扬波。
放松心情，
忘掉一切烦恼和忧愁。
漫步在山间水边，
穿行城市街道的每个角落。
与大自然拥抱，
与城市亲密接触。
感受上天恩赐的所有美好，
快乐地融入火热的生活。

生计

闹铃欢快地唱响，
鸟儿在窗外歌唱。
迎着初升的太阳，
奔走在上班路上。
生活充满诗情画意，
现实中要面对的是一日三餐。
幸福生活的指数中，

衣食住行还加上身心健康。
抓住时间的分分秒秒，
快乐地工作在各自工作岗位上。
虽然为了生计必须要打拼，
靠勤劳致富我们的生活才充满阳光。

生命

既然父母给予了我们生命，
我们就要懂得珍惜。
在家庭的呵护中渐渐长大，
而后风雨兼程各奔东西。
生命历程如山峰起伏不定，
又似大海波澜壮阔经久不息。
无论遇到多少艰难困苦甚至绝境，
我们都要攻坚克难披荆斩棘。
没有任何借口浪费光阴，
精心规划把握机会趁着年轻。
把贫穷疾病种种不顺抛向空中，
化成彩虹彰显生命的奇迹。
像一颗彗星划破寂静的夜空，
即使陨落也要把光亮照向大地。
珍惜生命善待生命热爱生命，
快乐地过好每一天做最好的自己。

命运强者

都说人的命运最难掌握，
能成为掌握命运的强者还真不容易。
在害怕困难的人面前，
成事在天的好借口使人懒于与命运博弈。
然而在真正的强者面前，
命运只不过是可有可无的议题。
谋事在人才是他们人生的准则，
他们顽强改变命运决不做命运的奴隶。
中外历史上不少人愈挫愈勇堪称强者，
他们与命运抗争不断创造人间奇迹。
音乐天才贝多芬在创作顶峰双耳失聪，
咬牙创作的《命运交响曲》成为不朽作品。
励志典范霍金二十一岁全身瘫痪失语，
艰苦探索终于成为著名物理学家而深受好评。
前苏联作家奥斯特洛夫斯基战争中双目失明，
创作《钢铁是怎样炼成的》为青年励志书籍。
中国历史上不向命运低头的强者也灿若星河，
他们与命运抗争的精神激励后人前赴后继。
越王勾践卧薪尝胆终灭吴复国，
屈原遭放逐作有《离骚》《天问》开创楚辞。
孙膑遭受膑刑后两败庞涓奠定了齐国霸业，
司马迁受宫刑之辱作史家之绝唱《史记》。
曹雪芹家道败落十年血泪写就《红楼梦》，
张海迪高位瘫痪不甘沉沦实现自我战胜顽疾。
命运强者有名人其实也有我们身边的平民，

他们用不同的方式演绎着人间不朽的传奇。
从不屈服命运给他们不公平的安排，
扼住命运的喉咙付出常人难以想象的努力。
命运强者展示了愈挫愈勇自强不息的性格，
伟大的精神永远激励人们勇敢向前强者无敌。

青春放歌

给我一个火红的青春，
追逐梦想热血在全身沸腾。
不受任何羁绊，
牢牢抓住主宰方向的缰绳。
不管前面有多少困难，
一往无前战无不胜。
还要扼住命运的喉咙，
哪怕生逢绝境也要浴火重生。

给我一个充实的青春，
脚踏实地为理想在荒原上开垦。
不为任何名利所诱惑，
一步一个脚印地向前延伸。
紧紧抓住时间的分分秒秒，
一生在勤一年在春一日在晨。
在人生最美好的时光里，
打牢基础向着崇高目标攀升。

给我一个无悔的青春，
奋力拼搏绝不虚度人生。
不为花前月下所迷惑，
把青春演绎成奋进的歌声。
当额角慢慢布满皱纹，
年轻时的回忆肯定充实而传神。
时光飞逝不会倒流，
趁年少搏击长空雁过留声。

夜空中最亮的星

我常常仰望夜空，
数着怎么都数不过来的星星。
无聊地举起望远镜，
想探寻星星蕴藏着的秘密。
镜中的亮光那么刺眼，
越想看清越什么都看不清。
不依靠任何光学物件，
想找到星星分布的规律。
没有天文知识的自己，
完成这个任务肯定不可以。
我茫然地望着夜空，
突然发现有一颗最亮的星。
丝毫不惧月的光辉，
任性地挥洒光亮表现自己。
虽亮度不比日月但它是夜的使者，
带领着群星尽力向大地送达光明。
夜晚我会经常寻找这颗星星，
每次都猜想最亮的是不是同一颗星。
借助天文仪器考证没有意义，
我只要每晚都能看到最亮的那颗星。
星际交替世间轮回，
万物优胜劣汰留下了永恒的精神印迹。
人生匆匆如夜空过往的星星，
无法与日月争辉也要做颗最亮的星。

以爱的名义

曾经的年少时的叛逆，
其实不懂得世间爱的模样。
任意地放松自我，
听不得父母的唠叨感受不到温暖。
长大以后在外闯荡，
才渐渐明白了父母的苦心家的温暖。
父爱深似海母爱重如山，
父母养育了我们并帮助排除万难。
以爱的名义孝敬父母，
工作再忙也要抽出时间常回家看看。

曾经的甜言蜜语不断，
其实不懂得世间爱的模样。
步入婚姻的殿堂，
共同生活后已经没有昨日的浪漫。
柴米油盐平平淡淡，
每日重复着同样的菜饭。
从青春到老年相伴，
阅尽了人世间一切沧桑。
以爱的名义白头偕老，
一生相守同甘共苦才能显示出真爱的力量。

曾经的友情看得平淡，
其实不懂得世间爱的模样。
自己以为只要有聪明的头脑，
办成事情不需要朋友来帮忙。

不经历寒冬感觉不到太阳的温暖，
遭遇了困难才知道友情的力量。
失去了朋友就像白天遇到黑暗，
朋友越多你的路就越走越宽广。
以爱的名义珍惜友情，
在人生的道路上一定会充满阳光。

落花有情

雨一直下个不停，
我担心庭院中的小花。
柔弱的姿态，
肯定经不住雨水的冲刷。
我忍不住撑起雨伞，
来到庭院准备护花。
我停下脚步无法自拔，
满树的小花已变成枝丫。

雨还在不停地下，
我捧着雨水浸泡过的残花。
落下的全是花瓣，
花蕊还牢牢粘住了枝丫。
谁说落花无情，
她随雨水而去洗尽世间铅华。
孕育的果实满枝悬挂，
待到收获的时节人们不应忘记她。

给自己放假

给自己的身体放个假，
放下工作让身体得到彻底放松。
努力打拼是为了全家生活的满足，
累垮身体家中就会经济拮据入不敷出。
身体如同一台不断运转的机器，
需要检查保养不能使用过度。
人们常说身体是革命的本钱，
跟上时代的步伐要有健康的体魄。
给身体放假是为了更好地工作，
再好的身体也要做到松弛有度。

给自己的心情放个假，
放下紧张使自己的精神放松。
有经济实力就不妨到外地旅游，
自然人文的景观能使你忘记烦忧。
如果囊中羞涩也无所谓，
逛逛家乡的山水或者随心阅读。
千万不能心事重重眉头紧锁，
精神压力过大往往是抑郁症的开头。
给心情放假是为了使精神放松，
你的精神世界会变得更加精彩而远离孤独。

给自己的心灵放个假，
看淡名利停下追逐的脚步。
日食三餐夜卧一床赤条来去太匆匆，
功名利禄你来我往梦里去来求永驻。

多少能人为名利美色身陷囹圄，
也有能人看破红尘皈依佛门去剃度。
人生在世如果不求功名社会不能进步，
而不择手段自私索取最终必失足。
给心灵放假让自己过得更加从容，
尽力而为天道酬勤定会拥有属于你的幸福。

荷塘四咏

荷花

远看绿中红，
近闻清香浓。
不忌绿中配，
亭立花更红。

荷叶

卧于清水中，
与水不相溶。
青蛙叶中跳，
满面晶莹送。

莲蓬

绿团裹青珠，
风雨侵不住。
莲子绿皮护，
食甘用心苦。

莲藕

生长污泥中，
境恶也从容。
洗尽露清白，
脱俗傲骨种。

回味童年

童年的回味是甜蜜，
最难忘是麦芽糖和棉花糖的香甜。
更有自家菜园里的新鲜蔬果，
随意采摘来不及清洗就往嘴里填。
树上的桑椹果红得发紫的时候，
把它放在嘴里吃起来比蜜还甜。
闷热夜晚坐在户外竹床上吹着凉风，
啃完西瓜后还来根冰棒舔舔。
这就是甜蜜的童年，
天然的美食滋润了我的心田。

童年的回味是快乐，
最难忘的是放下书包后的时间。
更高兴的是漫长的暑假，
拼命赶完作业后就是快乐的每一天。
上午放开步子往山上攀登，
午睡后顶着高温尽情嬉戏在河水间。
傍晚与小伙伴拿着自制的玩具玩耍，
也时常捧着小人书守候在露天银幕前。
这就是快乐的童年，
尽情地玩耍童趣永留在我的心间。

童年的回味是幸福，
最难忘的是父母的慈爱和惦念。
更有了兄弟姐妹的日夜相伴，
让人拥有了真正不孤单的童年。

遇到难题不出家门就有手足相帮，
住房虽挤却相处融洽因为骨肉相连。
生病受伤有父母心疼，
玩耍回家老远就闻到了饭菜的香甜。
这就是幸福的童年，
家的温暖是我童年幸福生活的源泉。

绿 叶

没有花的芬芳，
没有枝干的挺立。
没有果实的珍贵，
没有根的稳定。
你只是一片绿叶，
生前护花落地成泥。
正是有这样的精神，
我才要赞美你。
你是护花使者，
花的鲜艳离不开你的努力。
你承受阳光雨露，
空气净化不能少了你。
你顶着烈日独受煎熬，
给人间带来了绿荫。
我不恋花独爱绿叶，
就是因为你有爱的情义。
为花为果为人间做这么多事情，
唯独忘记了自己。
即使是凄凉地落地，
也要护树护花化土成泥。
耀眼的阳光残酷地把绿叶晒黄，
恼人的秋风无情横扫树叶落地。
尽管你被撕碎了芳华，
但是你滋养的沃土续写着生命传奇。

秋　凉

秋凉是炎热后的期盼，
人们不再躲在屋内纳凉。
秋凉是燥热后的冷静，
人们不再是那么心烦。
秋凉是助睡的安眠药，
人们一大觉睡到天亮。
秋凉是夏日后的希望，
人们避暑过后就要繁忙。
一场秋雨一场凉，
一阵秋风一阵爽。
一片秋叶一片黄，
一度秋收一度忙。
学校结束了漫长的暑假，
孩子们告别了难以忘记的游玩。
工厂的机器重新开足马力，
为了赶上进度必须要加快生产。
农人们望着慢慢变黄的稻田，
盘算着今年的收获是否比去年旺。
机关里不再开着空调上班，
节省能源应该成为社会的榜样。
老人们终于能走出家门，
去外面感受大自然带来的清凉。
秋凉使人们的精神愉悦放松，
精力充沛才有工作效率和身心健康。
秋凉使人们头脑变得更加清醒，

明确方向才有意外的收获和希望。
让我们打起精神鼓足干劲，
勇敢地面对一切困难和挑战。
不待萧萧风雨落叶下，
尽情把握和利用爽爽的秋凉。

人贵有三心

良心

你脚下的路，
有人给你指明方向。
你碰到的难，
有人给你力量。
你所有的一切，
都需要有人来帮。
短暂的一生，
要经历多少雪雨风霜。
记住曾经给予你帮助的人，
及时感恩不留遗憾。

善心

善待他人，
心灵就会变得敞亮。
人生旅途中，
谁都可能遇到困难。
不要只顾自己，
别人有难能帮就帮。
不要惦记人家如何感恩，
当你遇到困难时也会有人帮。
善待他人等于善待自己，
你投之桃李他人会报以芬芳。

爱心

爱心是人性中的美德，
拥有爱心的人值得敬仰。
爱心是人间的温暖，
爱心是弱者心中的太阳。
只要人人都能够献出爱心，
我们的人间就会鸟语花香。
爱心是无须回报的付出，
是无悔而默默无闻的相帮。
爱心如果无处不在，
我们的生活就会充满阳光和希望。

如　果

如果你是云，
那我就是风，
风云际会化为夏日的甘霖。
如果你是蓝天，
那我就是大海，
海天一色诉说世间的不朽传奇。
如果你在天涯，
我就化作彩虹迎接你。
如果你在海角，
我就变成海市蜃楼等着你。
无论你是云还是蓝天，
无论你在天涯还是海角，
我都要超越现实，
去寻觅地球上最真的你。
你是世间万物发展的规律，
你是人们苦苦追求的真理。
如果你是那轮皎洁的月亮，
我愿意化作星星追随你
如果你是天际边的一缕曙光，
我愿意为你守候到天明。

英　雄

静夜望苍穹，
星光耀天空。
回首历史长河，
时时有英雄。
开国帝王将相，
守成文人雅士，
皆以功勋重。
转眼看当世，
谁人算英雄。

有大爱，
遇挫强，
真感动。
无论出身，
即使平民亦英雄。
忘我奉献人类，
不向命运屈服，
奋斗有始终。
一生在拼搏，
堪称真英雄。

岁　月

岁月是记忆的河，
它如同大河奔流一去不返。
顺着地势不断穿行，
每个阶段都是匆匆的过往。
但记忆之河所到之处，
都会留下印迹不会遗忘。
在每个拐点直至终点，
都有不同的风景向你召唤。
在记忆的长河中，
总会留下未能实现的愿望。

岁月是奋斗的歌，
每个人来到这个世界都心怀理想。
为着不同的目标打拼，
面对困难和压力不惜壮士断腕。
奋斗是幸福和快乐，
因为奋斗是成功的希望。
不是所有奋斗都有结果，
但是奋斗的过程会让你终生无憾。
在人生的道路上高唱奋斗之歌，
你才有可能到达胜利的彼岸。

岁月是感恩的心，
人生的每个进步都与至爱亲朋的帮助相关。
当你深陷困惑而无助的时候，
是至爱亲朋伸出援手帮助你度过迷茫。

当你取得阶段性成功需要激励时，
有至爱亲朋真诚鼓励为你鼓掌。
至爱亲朋从来不会锦上添花，
但每当你有急需时就会雪中送炭。
用感恩的心对待至爱亲朋，
是他们用真诚使你的人生道路变得更平坦。

我 等 你

题记：2018 年七夕中国情人节，愿天下有情人终成眷属。

我等你，
在凛冽的寒风里。
我等你，
在和煦的春风里。
我等你，
在火热的夏风里。
我等你，
在凉爽的秋风里。
我等你，
一不小心等过了四季。
我继续在等你，
等到了大雁南飞，
等到了秋叶落地，
等到了雪花飘零，
等到了春回大地。
等来了花开花落，
等来了落叶成泥。
等来了红梅绽放，
等来了绿树成荫。
日复一日年复一年，
我依然没等到你。
等没了青春，

等没了脾气。
等上了年纪，
等出了阅历。
等成了忧郁症，
等碎了我的心。
我知道你是天上的仙女，
只能仰望无法靠近。
天上人间，
谁叫你起了凡心。
你是那样善良清丽，
回眸一笑就叫我着迷。
你说我老实勤劳，
说好了永不分离。
那是个凄凉的夜晚，
天空中电闪雷鸣。
你说是玉帝发怒，
叫我在人间等你。
你残忍地飞回天界，
也撕碎了我的心。
我在白天想着你，
我在黑夜梦到你。
我梦想你我
在春花秋月下，
或许在风花雪夜里。
跨过那座漫长的鹊桥，
相会在七夕。
梦醒来我只能再等，
等过了春夏秋冬，

又等了一个四季。
天上的你是否知道，
我等你。

夏季三吟

夏日

烈日当空踏热浪，
足不出户汗也淌。
空调西瓜好避暑，
感恩他人工作忙。

夏雨

天降甘霖解久旱，
滋润大地万物长。
鱼儿浮游蛙声亮，
落如珍珠舒心凉。

夏夜

落日余晖洒荷塘，
微风轻送满清香。
入夜纳凉萤火伴，
月上树梢满天光。

夏　至

北回归线日照直，
昼时渐短夜逐日。
火炉当空汗衣渍，
偶尔清凉热又至。
炎热夏伏至此起，
阴阳交替万物知。
荷花飘香送清凉，
青蛙放歌知夏至。

校园观花

春寒压不住，
如期尽盛开。
青青吐芳华，
美美校园家。
莫负好春光，
滋养此时佳。
转眼芳菲尽，
果实满枝丫。

友 情

人与人相处最为珍贵的是友情，
牢固而永恒的友情甚至超过亲情。
亲情由血缘关系维系相距万里不会断，
友情却需要双方共同维护才历久弥新。
友情是非常珍贵的同时也是极其脆弱的，
必须要经受住任何考验才能建立真正的友情。
真正友情的第一大考验的是时间，
它能使友情地久天长也会渐渐疏远为零。
曾经的海誓山盟随着时间推移而烟消云散，
有过的手足情深随着时光流逝慢慢云淡风轻。
在权力名利面前有时候友情显得苍白无力，
借助友情谋取权力名利是不少人的险恶用心。
要想获得君子之交淡如水般真正的友情，
你还必须要练就孙悟空那样的火眼金睛。
遇到困难需要帮助的时候也能检验真正友情，
平时说得再好还不如在急需帮忙时尽力尽心。
人生的道路曲曲弯弯坎坷不平，
真正的友情是雪中送炭而不是脸上贴金。
在大是大非面前一定要站稳你的立场，
与损友同流合污狼狈为奸不是真正友情。
为了哥们义气不惜铤而走险成帮凶，
法网恢恢疏而不漏最后害人又害己。
人与人相处最为可贵的地方在于真诚相待，
真心实意才能建立君子之交的真正友情。
学会给予懂得珍惜是作为朋友的起码常识，

待友诚恳付出真心才能让友情越走越近。
假借友情利用他人严重地玷污了友情，
真诚包容的品德定能让友情万古常青。

时 光

时光一去不能回，
日复一日终。
朝日东升彩云追，
日落西山转眼又入梦。
晚霞依旧别样红，
只作黄昏颂。
劝君惜金更惜时，
别让年华虚度皆成空。

重　逢

城墙外，
绿树旁，
彩霞映红天。
浅浅荷塘蛙声亮，
相聚老地方。

少时离，
老来聚，
世间有几人？
几杯薄酒驱心寒，
重逢须尽欢。

城墙外，
绿树旁，
彩霞映满天。
久别古城早换颜，
唯留老城墙。

少时离，
老来聚，
曾经小伙伴。
黄昏落日别样红，
重温旧梦暖。

懂　得

懂得蕴含着最难以割舍的柔情，
深深地藏在心中最敏感的地方。
即使没有言语但彼此心心相印，
即使相隔千里却有温暖的信息陪伴。
真正地懂得是实实在在的明白，
与功利风月和风雨阴晴的场面无关。
真正地懂得没有刻意的言语，
只是浅浅微笑更是心里的默契和欣赏。
真正地懂得是灵魂相通和生命交集，
所以不需要过多的表达也会地久天长。
茫茫人海里并非每个人都能与你相遇，
芸芸众生中并非每个人都能带给你温暖。
有个懂得你的人出现在你的面前，
机会如果错过你将留下一生的遗憾。
懂得就像是老天久旱过后降下的甘霖，
在你陷入迷茫时只能由懂你的人给你希望。
士为知己者死女为悦己者容的动人誓言，
就是古时对懂得自己的人以最高的奖赏。
懂得不是爱和亲情但超越爱和亲情，
常常在你寒冷的时候带给你温暖的阳光。
如果学会懂得别人和感恩报答懂得你的人，
在人际交往中你就会左右逢源决胜职场。

家庭四则

丈夫

妻子心中家的顶梁柱，
孩子眼中可以依靠的大树。
需要操心的都是家中的大事，
房贷车贷大项开支都要你付出。
为了全家幸福，
你必须外出忙碌。
推不掉的应酬，
要记住烟酒交际有度。
努力工作多多赚钱，
为了身体健康也不要太辛苦。
没有事情早点回家，
陪陪孩子再做做家务。
外面的世界再精彩，
家才能带给你真正的幸福。

妻子

丈夫心中最可靠的伴侣，
孩子眼里什么事情都可以倾诉。
柴米油盐吃穿住行，
家中琐事样样都要算得清楚。
你是家中标准的后勤部长，
你承担着家中大多数家务。
也许你是个女强人，

千万低调不要叫丈夫孩子不舒服。
外面也可以忙忙碌碌，
身体健康乃是你的第一要务。
花花世界热闹的街区，
面对各种各样的诱惑停下你的脚步。
孩子需要哺养丈夫需要照顾，
为了这个家再苦再累也觉得幸福。

孩子

父母手心中亲亲的宝贝，
一个完整的家是因为有了你的加入。
在父母呵护中渐渐地长大，
为了你的成长父母舍得付出。
吃好穿好父母会尽力满足，
没完没了地消费只能增加父母的辛苦。
养成良好的学习习惯，
打牢汲取更多知识的基础。
千万不要迷恋不良习气，
不良习气如同传染病好进难出。
学习要用心也要有童心，
童年时期悄悄过去后悔无法弥补。
学校放学玩耍过后早早回家，
只有跟父母在一块才会感到幸福。

家

这是一个爱的港湾，
因为相亲相爱的一家人和睦共处。
这是一个温馨的咖啡馆，

因为可以边吃喝边把话题聊透。
这是一个贴心的加油站，
因为补充消耗后马上就要外出。
家是一个不需要很大的地方，
也不一定要有豪车和别墅。
有条件可以全家出去旅游，
没条件全家可以一起散步。
大小开支要量力而行，
不去追求不属于自己的用度。
但是这个家一定要有爱，
爱是家庭和睦的基础。
这个家还要有学习氛围，
改变个人和家庭命运还是靠读书。
不必羡慕人家高消费，
因为高消费背后必定要高付出。
柴米油盐平平淡淡，
全家身心健康才是最大的幸福。

父　爱

还记得小时候牵着你的大手，
你是参天大树把我来守护。
饿了困了有你来照顾，
伤了病了我感到了你匆匆的脚步。
凑足学费生活费你打了不少零工，
夜里你强打着精神听着我把烦恼倾诉。
父爱如山让我牵肠挂肚，
为了我的成长你吃尽了辛苦。

还记得我考上大学离家远走，
你一直扛着行李把我送到码头。
千叮万嘱在外不要太节省，
有什么困难尽管向老爸开口。
在外走正道学习还要刻苦，
有空多问问你妈免得她担忧。
父爱如山让我牵肠挂肚，
为了我的成才你忘记了忧愁。

还记得我工作后再没向家中伸过手，
你在信中结尾常问钱够不够。
工作中有成绩提醒我不要骄傲，
遇到挫折你总是说大不了再重头。
结婚成家生子你样样事操心，
买房你拿出全部积蓄做我们的首付。
父爱如山让我牵肠挂肚，
为了我的成人你付出了所有。

还记得每次回家你都要我陪你喝一口，
聊聊家常再把天下大事说个够。
回家次数一年比一年少，
你总是说安心在外我和你妈都好。
岁月催老我都来不及最后看你一眼，
医生说你临终前不给子女负担拒绝治疗。
父爱如山让我牵肠挂肚，
为了我的成事你油尽灯枯。

还记得清明时我久久伫立在你的墓前，
看到你的照片眼泪汪汪忍不住大哭。
天降大雨似乎也为之动容，
阴阳相隔再也不能尽孝照顾。
男儿有泪不轻弹只是未到伤心处，
长恨在世不相守才留遗憾在心头。
父爱如山让我牵肠挂肚，
为了我的思念相信来世还能牵着你的手。

（写于2018年父亲节）

母　爱

世间母爱情最重，
游子难忘密密缝。
离家远去母牵挂，
长伴孤灯梦相逢。
雄鹰展翅九万里，
倦鸟归巢慈母疼。
母爱不望有回报，
只盼喜讯传家门。

清明怀亲

清明暴雨天将顷，
路人执着艰难行。
墓前怀念化泪雨，
阴阳相隔未了情。
追忆逝者生前事，
恩情难报心不平。
珍爱至亲趁当下，
不留憾事在清明。

与南京难说别离

让我依依不舍的是闪烁的秦淮灯火，
让我流连忘返的是荡漾的玄武莫愁。
在我的睡梦中始终都有你的身影，
与南京难说别离甜蜜永伴在我心头。
漫步在古老的街道上牵着温暖的手，
一碗鸭血粉丝汤能慰抚我们的肠胃。
新开的商店使我们不住地停下脚步，
琳琅满目的商品总是觉得兜里的钱不够。
我们还可以到江边小道上吹吹风，
江面上来来往往的船只让人看不够。
夜色降临后可以到南京大排档歇歇脚，
品尝风味小吃喝一口解乏的老酒。
记忆总是美好的怎么舍得与这座城市别离，
甜蜜的记忆一定会再来以解乡愁。

让我念念不忘的是到城墙上走走，
让我心灵平静的是郊外的栖霞牛首。
在我的脑海中永久地留下你的模样，
与南京难说别离包容浸透在城中每个角落。
无论身在何处都用普通话交流，
即使来一句听我韶韶也不会觉得乡音不懂。
新开的楼盘看得人眼花缭乱，
居者有房的好政策也让外地人有了盼头。
我们也可以在梧桐树下乘乘凉，
沿着紫金山小道登上头陀岭山峰。

闲着时候几个朋友相约于茶楼，
聆听心仪小曲呡一呡雨花清香满口。
别离只是短暂的很快又会在这座城市聚首，
包容的性格注定会为你分担忧愁。

秦淮明月忆香君

远去的钟声，
敲打着宁静的夜晚。
离别的情绪，
泪水零乱了红妆。
默默地回眸相望，
看到了你脸上的那份忧伤，
多少年以后才发现，
真爱已经演绎成绝唱。
秦淮的明月，
将成为重逢的期盼。
夫子庙的钟声，
隐约还在耳旁回响，
回来的我，
还保存着那份渴望。
无论时间多长都能想起你的模样。
夜幕降临还记得迷人的容颜，
秦淮荡桨再也不见当初的月亮。
月入秦淮映不出你的笑脸，
只有这段往事留给世人无尽的遐想。

秦淮的灯火，
点燃起心中的希望。
明媚的月光，
还沉浸在梦里怀想。
久别的你，

一定还留有特别的温香。
无论咫尺天涯，
我都要寻找回这份情感。
秦淮的明月，
将成为重逢的期盼。
夫子庙的钟声，
隐约还在耳旁回响。
媚香楼的你，
歌声应该还是那么委婉。
如果从头再来我再也不会让你失望。
来燕桥上我们近在咫尺却没有相见，
桃花扇的鲜血见证了你的忠肝义胆。
动人的爱情故事永为后世传唱，
秦淮八艳之首的美名一定能够千古流芳。

今夜是七夕

题记：爱情是人类生活的永恒主题，至纯至真，甘甜如蜜，只有拥有过真挚的爱情，人生才算完整。

夜空中星光熠熠，
闪闪发亮就像眼睛。
会说话的眼睛告诉你，
今夜是七夕。
中国的情人节，
满满的诗情画意。
美丽动人的传说，
打动着我和你。
思凡的天仙织女，
身披锦衣悄悄降临大地。
看上老实勤劳的牛郎，
从此男耕女织生活在一起。
生儿育女情投合意，
不料织女被神仙抓回天庭。
牛郎把一双儿女挑起，
狂追着织女不停。
织女飘然而去，
牛郎抱着儿女跪地而泣。
说好了生活一辈子，
为什么好日子没几天就要别离。
你是天上的仙女，
为什么狠心地把我们抛弃。

当年你对我的回眸一笑，
是那样的善良美丽。
你不嫌我家贫，
对我是始终如一。
我们幸福生活在一起，
还有了爱情的结晶。
你虽然身不由己，
但撕碎了我的心。
请把我们也带去，
生死我们都要在一起。
天空缓缓地落下细雨，
仿佛是织女也在哭泣。
突然电闪雷鸣，
生死之爱感天动地。
空中传来织女那悲切的声音，
记住鹊桥相会在每年的七月七。
天上人间，
爱情应该没有距离。
凄美动人的爱情故事，
是一段传说更是一段传奇。
七月初七鹊桥相会，
承载着人们向往的坚贞不渝。
要想你的爱情生活有意外的惊喜，
请记住今夜是七夕。

金陵古城

江水奔流回转地，
今南京古金陵。
历经沧桑依美景。
秦淮明月静，
城墙玉树临。
六朝古都帝王家，
施粉黛风月频。
度尽劫波愈坚挺。
金陵春梦尽，
博爱新南京。

屈 原 一

楚辞独创，堪称道，文学始祖美名。以诗言志，爱国情，字里行间表明。《离骚》《天问》，《九歌》《九章》，还有招魂铭。阅文学史，屈原最早有名。

人格特立独行，众醉我独醒，始终不疑。香草美人，比喻为君子高洁品行。联齐抗秦，不朝秦暮楚，立场坚定。端午屈原，留下励志话题。

屈原二

漫漫长路，修远兮，上下求索不停。屈原名言，经久传，激励人生笃行。每逢端午，粽叶飘香，龙舟竞渡兴。多少传说，唯有怀屈独信。

时光穿越千年，强秦逼绝境，屈原谏言。楚君昏聩，将忠良流放汨罗江境。悲闻国灭，传《离骚》《天问》，投江殉国。端午纪念，忠烈永受尊敬。

屈原三

正道直行，终不悔，汨罗悲歌永铭。爱国情怀，仰天叹，至死心牵楚民。年年端午，岁岁怀屈，感念有百姓。历史烟云，难掩屈原英灵。

强秦挥师入侵，江水向天泣，都陷民离。闻之伤绝，面郢都殉情痴心不移。楚辞传世，文学建功勋，赞誉至今。完美人品，最受世间崇敬。

明故宫

曾几何时，皇城之尊，开都之地。
看大明江山，太祖奠基；
逐灭群雄，席卷大地。
高筑城墙，火烧功臣，誓保皇权稳定。
明宫内，有佳丽云集，歌舞升平。

一片盛世景象，
称治隆唐宋开国帝。
曾乞丐和尚，成帝无例；
福泽后世，处心积虑。
华丽宫殿，几成焦土，竟成大明不堪地。
史为鉴，保江山稳固，仁勇无敌。

莫 愁

金陵烟雨锁莫愁，
感人传说，
至今心弦扣。
家败进府遇公子，
与君情合欲白头。

无奈徐府湖中幽，
投水殉情，
坚贞悲歌奏。
玉立千年成美景，
为情不移思莫愁。

致新人

托春风带去浓浓的暖意
让花朵绽放出绚丽的美景
年少时不给任何压力
空气里都充满了醉人的爱意
我要给你们甜甜的幸福
愿你们生活更甜蜜

用彩虹编织美好的前景
让流云奉上真挚的情意
放手在大海中弄潮
在打拼中也收获了爱情
我要给你们稳稳的幸福
愿你们人生更如意

把美酒注入每只酒杯
让心头充满暖意
请带去我盈盈的祝福
伴随在你们未来的日子里
我要给你们满满的幸福
愿你们前途更光明

大暑觅凉

动则大汗最热天，
卧无冷气夜难眠。
农家盼雨增收成，
举步蹒跚自家田。
避晒多饮好心情，
苦味食物身心甜。
黄昏凉风荷塘边，
蛙声萤火不夜天。

立秋感怀

暑去凉来到立秋，
芳华始枯挂枝头。
盼有凉意驱秋虎，
皆抱西瓜啃不休。
一场秋雨一场梦，
萧萧落叶成褐丘。
始感秋凉爽沃土，
禾谷成熟喜田头。

梅 花 吟

初春发几枝，
只为报春来。
雨后碾作尘，
引来万花开。
落红蕴深情，
香消迎春来。
无意争春艳，
来年傲雪开。

五月好时节

五月，
是花盛的时节，
如果春花是娇羞的少女，
五月的鲜花已是热情的女郎。
在火红的日子里，
带着所有的热情，
毫无拘束地朝着太阳怒放。

五月，
是挚爱的时节 ，
如果上月还有春寒，
那现在每日都有温暖的阳光。
在爱的日子里，
漫步于如海的绿荫下，
情侣们自由自在地倾诉衷肠。

五月，
是感恩的时节，
如果还有怀念先人的感伤，
不如乘着暖风向亲朋送去健康。
在母亲节，
带着深深的祝福，
感恩母亲给予的生命和力量。

五月，
是劳动的时节。

如果还停留在冬春的懒散，
就不可能有前进的动力和方向。
在晴朗的日子里，
珍惜大好时光，
尽情地抛洒汗水去播种希望。

雪中觅景

瑞雪盛世降金陵，
玉树银花似仙境。
踏雪寻梅觅美景，
积雪成冰路难行。
众人破冰为出行，
严寒有暖路含情。
雪映红颊景更美，
天地人和赛仙境。

月到中秋话相思

题记：圆圆的月亮让我们想象着吴刚砍桂树和嫦娥奔月的传说，美好的佳节寄托着我们对亲人和先贤的思念。

中秋的月亮格外通明，
月亮上的传说显得那么清晰。
汉时的吴刚在月宫中还砍着桂树，
他应该对炼丹犯错有了悔意。
嫦娥奔月有玉兔相伴，
捧出甜点呼唤她的是夫君后羿。
美丽的传说打动人们的心弦，
演绎成习俗已流传到今天。
中秋节是团圆节也是相思节，
亲人无奈回不来只能对月思念。
团圆是甜相思是苦，
遗憾世间的月饼没有苦只有甜。
我企盼能开发出有益健康的苦月饼，
既能品到相思的苦也能尝到团圆的甜。
皎洁的月光洒向大地，
月亮上的传说不仅美丽还蕴含深意。
人生不能犯错否则如同吴刚砍树下不来，
人生没有后悔药否则就像嫦娥奔月受孤寂。
我们的祖先充满着智慧，
让人们在欢度佳节的同时不忘提醒自己。
中秋的月亮是那样的耀眼亮丽，
彩云伴着星星紧紧追随不弃不离。

我们生逢繁花似锦的盛世，
佳节里也要思念我们故去的至亲。
同时不能忘记那些为国为民的先贤，
他们为了后代的幸福生活奉献生命。
年年过中秋岁岁有思念，
时光虽然远去却带不走我们的追忆。
对着明月为我们的亲人和先贤，
奉上饱含深情的桂花酒来表达对他们的敬意。

博爱之城

秦淮风韵依旧，
六朝古都叫人怀想。
岁月已经抹去历史的沧桑，
今日南京向全世界诉说着新世纪的辉煌。
博爱之城，
你以深厚的文化底蕴，
崭新的身姿，
向世人敞开宽阔的胸膛。
钟山秀美依然，
玄武莫愁让人忘返。
城墙就像扬起奋进的风帆，
今日的南京在拼搏中追逐着划时代的梦想。
博爱之城，
你以包容的城市性格，
自强的精神，
朝目标开启幸福的航向。

秋雨秋语

强烈的台风驱赶着乌云，
降下暴雨把大地浇个通透。
人们期待已久的秋雨，
夹杂台风到来却添了几分愁。
秋雨如果磨叽姗姗来迟，
农人望着干枯禾田会急得上火。
秋雨这样来得不够温柔，
人们熬过闷热等来的秋又烦心头。
年复一年的秋风送爽秋雨送凉，
是大自然回馈勤劳人类最好的报酬。
春光匆匆冬夏严寒酷暑，
人们一年四季中最想过的就是这个秋。
资源开发给我们带来了舒适和享受，
难耐炎热巴不得把夏天当做冬天过。
电视里外面火热各国会场都清凉，
主人来宾西装革履让人享受秋。
商场医院车站机场和所有交通工具，
凡是有人待的地方都清凉如秋。
就这样温室效应慢慢席卷到全球，
人类违反自然规律必然要尝到恶果。
台风和暴雨应该发生在夏季，
不应当去破坏人类最舒适凉爽的秋。
有限开发顺应自然及时纠错。
因为赖以生存生活环境只有一个地球。
节约资源保护环境赶快要行动，

为了生存环境全人类必须要共同携手。
享受春光安全过冬适度应对炎夏，
美好的人间不能少了我们心中凉爽的秋。

心中有一片海

望着浩瀚无际的大海，
涌现出的想象是如此之多。
大海像静若怀春的少女，
蔚蓝色的眼睛透出温柔。
又像充满激情的女郎，
涌起巨浪恨不得将你吞没。
还像拥有博大心胸的伟男，
接纳百川不放过每一条河流。
更像是沉稳从容的老者，
虽然饱经沧桑仍然潮起潮落。
大海能排遣精神的烦忧，
还给人类现实美好的生活。
大海中的美食称为海鲜，
现在已经上了寻常百姓的餐桌。
大海还承载着繁忙的交通，
运行着巨轮和鼓起风帆的行舟。
只要心中有一片海，
我们的眼界会变得更辽阔。
大海的一切都是如此美好，
包括风浪激起来的巨波。
让我们做一个弄潮儿吧，
方显英雄本色就怕风浪不够。
大海越是波涛汹涌，
越要劈波斩浪勇立潮头。

笑看烟云

山道崎岖路，
曲曲折折究竟多少弯。
抬头望，山高入云端。
往下看，悬崖绝壁穿，
已到山间断头路，
猿啼不止引心寒。
无退路，咬牙往上攀。
愈上愈艰难，
愈上愈流汗。
有人唤：山顶风光别样。
终将成功登山，
山风阵阵清凉。
举目望：云烟缭绕四方。
赞群山秀丽自然，
叹仙境人间重返。
烟雨蒙蒙，笼罩山峦。
美景不只画中有，
世间美景胜画匠。
静思想：
人生旅途如登山，
历经艰险始风光。
莫让迷雾遮望眼，
笑看烟云战艰难。

长江水谣

题记：长江哺育了生生不息的华夏子孙，是中华民族的母亲河。长江流域是中华文明两大发源地之一。

长江水，
天上来，
青海在江头，
上海在江口。
飞流直下千万里，
融入大海不回头。

长江水，
甜如汁，
母亲在这头，
游子在外头。
游子他乡思源头，
感恩反哺母亲河。

长江水，
山河美，
三峡在上头，
湖景在下头。
鬼斧神工山险峻，
鄱阳烟雨洞庭波。

长江水，
慢慢流，

储水在这头，
放水在那头。
葛洲三峡大坝成，
防洪发电福九州。

长江水，
彩虹秀，
我住江北头，
君住江南头。
条条彩虹江面舞，
桥跨南北变通途。

长江水，
万古流，
远古在那头，
现代在这头。
源远流长故事多，
灯火礼花两岸乐。

长江水，
逐浪流，
你们在这头，
我们在那头。
生态保护功当代，
协同发展利千秋。

相信坚强

每一次挫折，
告诉自己不流泪，
世上虽有同情，
但不能代替你伤悲。
遇挫折要坚强，
不应该后退。
相信坚强，
不相信眼泪。
路会越走越宽，
只要挥洒汗水。
让宝贵的生命，
插上坚强的翅膀，
与彩云相伴，
绽放出夺目的光辉。

每一次受伤，
告诉自己不伤悲，
世上虽有怜悯，
但不能代替你苦累。
忍伤痛更坚强，
不应该掉队。
相信坚强，
不相信眼泪。
办法会越想越多，
只要倾注智慧。

让宝贵的生命，
插上坚强的翅膀，
与彩云相伴，
绽放出夺目的光辉。

好 运 歌

春花秋月彩云追，
龙飞凤舞祥瑞随。
如果人生注定有轮回，
好运今生就与你来相陪。
误入险境有人帮你解危，
干工作往往事半功倍。
风雨过后见彩虹，
除却乌云天地辉。
好日子怎么也过不够，
好运但愿永远相随。

春风秋雨百花醉，
莺歌燕舞祥云飞。
如果命运安排事事遂，
好运此生就跟你去不回。
遇到麻烦有人帮你解围，
买东西常常比人实惠。
东边日出西边雨，
风卷残云日增辉。
好生活怎么也放不下，
好运但愿常驻不归。

带刺的玫瑰

你悄悄地远去，
也不与我再次见面。
为了你要的生活，
就这样像大雁南飞。
从秋冬到春夏，
我等着你的北归。
现在只能梦里，
给你诉说情的珍贵。
你是茫茫人海里的知音，
也是带刺的玫瑰。
你就像是捉摸不定的月亮，
我愿意化作彩云相随。

你静静地离去，
也不与我最后道别。
为了你要的自尊，
就这样发信息不回。
从白天到夜黑，
我盼着你的回馈。
现在只等机会，
向你表达我的后悔。
你是茫茫人海里的知音，
也是带刺的玫瑰。
你就像捉摸不定的月亮，
我愿意化作彩云相随。

黄河壮歌

题记：黄河孕育了中华文明，黄河哺育了中华儿女，是中华民族的摇篮。

黄河壮哉，
九曲十八弯。
高原东去终入海，
壶口瀑布威名扬。
源远流长育文明，
波澜壮阔度沧桑。

曾为清流，
关关雎鸠之故乡。
养育炎黄子孙，
中华民族摇篮。
唐宋伊始更多战，
兵戈铁马尘飞扬。
黄河流域多劫难，
不惜万骨为称王。
仰天长叹，
环境不复沙土场，
清流一去不复还。

曾几度夺淮，
黄河故道仍横躺。
南北温差成凌汛，
历代爆破硝烟散。

黄土沉积高悬河，
半碗泥沙民心伤。
黄河治理历代事，
唯今成效百姓赞。
齐声唤，
共同爱我母亲河，
利在千秋当代功。

曾为精神支柱，
发出民族救亡的吼声。
多少优秀中华儿女，
聚集在黄河两岸。
为了抵抗日寇侵略，
奔赴革命圣地延安。
风在吼马在啸，
黄河大合唱至今响耳旁。
怒吼吧，黄河！
为实现民族复兴的中国梦，
沿着先辈的足迹再建新功。

乌江悲歌

乌江边卷乌云，
大风起催断肠。
美人兮死别离，
悲歌响悔断肠。
曾忆否，
英雄少年举重鼎，
水中救美成新郎。
想当年，
金戈铁马抗暴秦，
神勇无二震四方。
巨鹿之战破章邯，
灭秦兴楚称霸王。
悔不该，
弃用韩信气范曾，
有勇无谋自恃强。
放火焚烧阿房宫，
天怨人怒众心伤。
到如今，
楚汉相争败刘邦，
四面楚歌不过江。
英雄落泪同归天，
霸王别姬刎乌江。
叹英雄，
弃名将气谋臣，
自视高终败亡。

只留下，
英雄美人真情赞，
悲歌离曲后世憾。

金橘情

橘种栽盆中，
松土勤施肥。
转眼已入秋，
一天看几回。

绿丛缀白花，
清雅芳香会。
赏心泌鼻爽，
只盼金橘荟。

花谢成骨朵，
依然清香汇。
修剪去弱枝，
勤劳能几回。

金橘挂枝头，
果呈金黄晖。
培育用心处，
满庭添光辉。

致远去的芳华

太阳碾压岁月，
浓缩了时光。
淡淡忧伤随风游荡，
空气透出了简单。
晚霞是夕阳的衣裳，
映红我依然倔强的脸庞。

花开会有清香，
年少的心怀揣梦想。
繁花时彩蝶飘扬，
引来蜜蜂嗡嗡作响。
一场风雨击落花瓣，
只剩残花仍有余香。

光阴洒在纸上。
两鬓挂满了白霜。
每次梦中时光倒流，
结局不会是一样。
重温过去的美好，
总伴随着遗憾。

太阳重复东起西落，
彩云映射出万丈霞光。
花儿如期尽情地绽放，
彩蝶蜜蜂依旧辛苦繁忙。
已经远去的芳华，
心中永存的一缕阳光。

伴月星语

你轻盈地来，
披着彩衣。
你状如玉盘，
光彩如此炫丽。
你破雾穿云，
是那样的随意。
你将要奔向何方，
从没有说清。
夜空中的月亮，
是黑暗中的光明。
尽管与太阳无法相比，
照样指引人们前行。
月光下的故事，
述说着多少传奇美丽。
人们遥望月亮，
也寄托着相思别离。
我是一颗普通的星星，
也企求跟随着你。
你有众多星星相伴，
我肯定不是你的唯一。
天生注定的命运，
我只是一颗凡星。
如果能终生陪伴着你，
我要做最亮的那颗星星。

好兄弟

人潮中碰见，
话题那么投机。
今生一句承诺，
就算桃园结义。
好兄弟，重情义，
甘愿舍一切，
换来是真心。

人生中相逢，
彼此很对脾气。
今日举起酒杯，
无数有趣话题。
好兄弟，痛快饮，
短短几十年，
相欢在朝夕。

人海中遇见，
钦佩彼此仗义。
不平拔刀相助，
勇敢伸张正义。
好兄弟，讲大义，
解难及时雨，
关键就有你。

人群中相见，
彼此增添底气。

兄弟君子之交，
远胜江湖义气。
好兄弟，共甘苦，
有福同享受，
风雨同舟行。

千里走单骑

读三国，
英雄情义浓墨记。
仰关公，
谢曹公护兄嫂，
千里走单骑。
史流传，
降汉誓死不降曹，
细心护嫂识奸计。
美人财富眼不移，
唯见宝马露欢喜。
曹公叹，
世间难有忠义情，
辞官拒女财不理。
宝马助寻兄，
艰险志不移。

透过历史烟云，
处处留下遗迹。
关公忠义流传至今，
百姓感念关帝庙里。
谁说英雄铁心，
铁汉关公柔情。
兵走麦城大意，
不掩后世英名。
真可谓，

大浪淘沙始见金，
堪当人杰先有义。
真心英雄皆敬仰，
人品气节永铭记。

彩虹人生

往事如梦，
只有真情永恒。
回忆过去，
只要学会感恩。
蹚过岁月的长河，
回味所有的情仇爱恨。
以恩报恩以德报怨，
人间才会无恨。

敞开心扉，
才能相待真诚。
打开窗门，
才会空气升腾。
品尝生活的美酒，
回味所有的醉生梦哼。
以心换心真诚待人，
美酒抚慰伤痕。

乘机飞翔，
才能感受云蒸。
俯瞰大地，
才会觉得升腾。
翱翔辽阔的天空，
体味所有的颠簸劳顿。
雄鹰展翅搏击长空，
成就彩虹人生。

树对叶的敬意

绿叶渐渐变黄，
是否有些感伤。
秋风轻轻吹过，
空气都已清凉。

我只是一棵树，
我知道你将随风轻扬。
失去你的陪衬，
我将不能茂盛张狂。

你默默遮风挡雨，
为我添枝生桠。
你承受阳光雨露，
为我吸取养分。

你即使枯萎，
化尘土也要归根。
我不能没有你，
请来年再送我一程。

你果然如期而至，
重复着生命的旅程。
从绿叶变黄变枯，
还是化为泥尘。

就这样一年又一年，
一程又一程。

我从小苗长成参天大树，
你是我成长的最大功臣。

你陪伴我一程，
我感念你一生。
你是否感觉我内心，
那永不磨灭的年轮。

六个决定助力人生

细节决定成败，
哲理告诫细节至重。
处事为人从细节入手，
方能享有日后的成功。
不患无策只怕无心，
粗心会让你悔恨终生。
天下大事必作于细，
微风细雨孕育彩虹。

性格决定命运，
良好的习惯改变人生。
开朗谦虚热情执着的性格，
能减少阻力在竞争中获胜。
关公何等忠烈大英雄，
只因孤傲大意走麦城。
不可忽视性格与命运，
因性格有失败也有成功。

角度决定力度，
从事最擅长的工作容易有成。
姚明身高马大叱咤篮球场，
李宁身形小巧曾为体操功臣。
如果李宁玩篮球姚明练体操，
两位体坛巨星将一事无成。
找准角度能激发巨大的力量，
了解自己激发潜力一定成功。

思路决定出路，
固执僵化是贫穷失败之根。
观念策划比能力实施重要，
思路对则事半功倍大获全胜。
正确方向插上智慧的翅膀，
即使是山重水复也会绝处逢生。
思路清晰远比卖力盲干重要，
单靠勇气力气远不如智勇制胜。

高度决定视野，
眼界高境界高远则大成。
欲穷千里目上楼已成历史，
飞机能看到一簇灯火一座城。
登高才能放眼千里一览无余，
你的境界肯定从此与众不同。
身在高处不胜寒冷，
有高度的人不拘小节风雨兼程。

态度决定一切。
离开态度将一事无成。
这一决定为六大决定之首，
态度能考验对事业的忠诚。
做事缺少应该有的态度，
必然会偷工减料埋下祸根。
衡量一个人的前程如何，
就看处事为人态度是否真诚。

情系南京梧桐树

题记：1872 年，一位法国传教士在南京石鼓路种下了南京第一棵法国梧桐树，开创了南京行道树栽种历史。1929 年，为迎接孙中山灵柩修中山路和陵园大道的时候，又陆续种下 2 万棵法国梧桐树。遮天蔽日的林荫大道成为点缀南京城市风景的一道亮丽风景线。

三面环山一面临水，
虎踞龙盘由此得名。
夏季东南风吹不进来，
湿热难耐以火炉闻名。
二十世纪八十年代，
我却感受到阴凉的南京。
那是第一轮城市改造以前，
梧桐树矗立人行道成一景。
茂密的树枝相交在天空，
遮天蔽日形成清凉环境。
烈日下人们不用遮阳伞，
中小雨天里不打伞也行。
在没有电扇和空调的年代，
一棵大树就有一片凉境。
大树底下好乘凉南京人体会最深，
夏天街头的绿荫葱茏是南京人的福气。
可如今遮天蔽日的树荫已渐行渐远，
人们要靠打伞涂防晒霜来消暑度夏才行。
梧桐树给南京人留下了多少美好的记忆，
人们怀念梧桐树是因为有它就有绿荫。

南京人对梧桐树怀有深厚的感情，
保护梧桐树的绿丝带行动使工程有了绿评。
爱绿色的南京珍惜每一株梧桐树，
我爱绿色的南京更爱博爱的南京。

往事如烟

还在留恋过去，
过去了不再回头。
还在想着往事，
忘掉吧不必回首。

我不是过新忘旧，
时光注定要流走。
我知道失去不重来，
但往事总是停留。

所有美好记忆，
都是苦苦坚守。
不要留恋过往，
曙光总在前头。

学天空中雄鹰，
觅天下动物而狩。
莫学寻常家兔，
三窟保身还瘦。

往事如烟终将散，
再美也只能是寄托。
抛弃过去放飞梦想，
伴着彩云畅游。

秋 恋

你轻轻地来淡淡地走，
把清爽浸润在我的心头。
望大雁南飞不会停留，
美好时光就这样随之而流。
凉风变寒吹得人发抖，
最叫人牵挂的还是清凉的秋。

你缓缓地来慢慢地走，
满屋子的落叶忍不住哀愁。
天空碧净只剩下零碎的云朵，
我知道那是难以排解的忧。
收拾好心情等待清凉溜走，
最依依不舍还是爽爽的秋。

你静静地来悄悄地走，
连声音都显得那么温柔。
睡梦香甜巴不得直到午后，
让我忘记现实所有的烦忧。
振奋起精神等着无奈的寒愁，
最念念不忘的还是舒适的秋。

执　着

这是痛苦里的煎熬，
也是意志的较量。
如同大海中遇险，
苦苦寻觅着方向。
忍受住炙烤和饥渴，
方能生存抵达彼岸。

这是孤独者的坚守，
也是默默的守望。
前路要靠自己去闯，
别指望众人帮忙。
山重水复渺茫茫，
披荆斩棘路在前方。

这是成功前的希望，
也是黎明前的黑暗。
不惧困苦与艰难，
只因心中怀有梦想。
别说难耐长夜凄凉，
天亮后红日升雄鸡唱。

生命的礼赞

既然父母给予生命，
就要懂得珍惜感恩。
过好生命的分分秒秒，
让光芒照亮每个历程。
生命有时显得非常脆弱，
我们不得不小心十分。
如果任意透支浪费生命，
精神就会变得萎靡不振。
还是夏练三伏冬练三九，
练强体魄才有抗病的资本。
天有不测风云人有旦夕祸福，
平时生活工作务必安全谨慎。
生命有时也迸发出巨大力量，
即使绝望也要扼住命运喉咙。
古今中外不乏身残志坚者，
他们以行动燃起生命之灯。
励志典范霍金全身瘫痪失语，
仍顽强探索物理与病魔抗争。
奥斯特洛夫斯基双目失明，
亲历诠释钢铁是怎样炼成。
孙膑遭受膑刑后两败庞涓，
司马迁受宫刑仍将《史记》著成。
阿炳双目失明拉出二泉映月，
张海迪高位瘫痪不甘沉沦。
生命有时短暂但有伟大的一生，

他们是夜空中最亮的星辰。
让我们赞美有价值的生命，
即使匆匆而过也要光彩照人。

长 相 守

有缘千里会，
花前月下约。
情定终身事，
一生执子手。
爱情常常有尽头，
最难做到的是长相守。
说好了不分手，
来生还要一起走。
昨日的誓言，
今天的承诺。
任地老天荒，
我都陪伴你左右。

无缘不相逢，
人约黄昏后。
相见只恨晚，
盟誓到白头。
爱情常常有尽头，
最难做到的是长相守。
说好了在一起，
愿与你风雨同舟。
不忘记承诺，
经受住诱惑。
任容颜改变，
我对你感情依旧。

雨落秋浓

几度秋雨落，
几度凉意浓。
渐渐秋叶凉风送，
零落知秋重。

几度细雨飘，
几度轻风弄。
已是清凉舒适日，
夜夜好入梦。

几度雨中愁，
几度心思重。
酸甜苦辣烦恼事，
随雨入土中。

几度雨化愁，
几度花香浓。
人间处处有真情，
爱意在心中。

月光恋曲

月光静静地洒进小窗，
透进了我的心房。
迷人的夜色有你陪伴，
怎么不叫我想起过往。
今晚的月光如此清亮，
还是当年的模样。
我常常在梦中，
重温那爱的时光。
如果下辈子你我有缘，
我一定撕下那骄傲的伪装。
我们共享美好的生活，
不辜负迷人的月光。

月光轻轻地抚摸脸庞，
勾起了我的回想。
美好的夜晚有你照亮，
如何不让我心中荡漾。
那晚的夜色如此迷人，
是因为有你陪伴。
我时时在心中，
珍藏那爱的过往。
如果有可能从头再来，
我一定放下那该死的彷徨。
我们留下共同的遗憾，
只能够空对着月光。

中秋思故乡

中秋月正圆，
花好露清香。
遥望明月回想，
故乡旧模样。
长夜长梦里唤，
无论身处何方，
最念仍故乡。
故乡月儿明，
故乡人难忘。

月光照，
满地霜，
别无恙？
故乡亲人，
是否亦在对月望。
月中嫦娥吴刚，
仿佛翘首张望，
中秋夜最亮。
人间情意浓，
月圆花正香。

华山论剑

题记：假期与友人游华山，惊叹于大自然的鬼斧神工，山路陡得无以复加，有千尺幢、百尺峡、擦耳岩等，最险的数长空栈道和鹞子翻身，奇险无比，因而有“奇险天下第一山”之谓。华山为著名的中国五岳之一，是中华文明的发祥地，也是中华民族的圣山，有“华夏之根”之称。华山还是道教主流全真派圣地，为“第四洞天”。华山论剑出自金庸先生的武侠小说《射雕英雄传》。

华山奇峻中华山，
华山险哉英雄路。
自古华山一条道，
成功登顶堪英雄。

试看天下谁英雄，
华山论剑大比武。
不惧艰险勇向前，
笑看烟云才英雄。
前路大胆朝前走，
峻奇美景不胜收。
一路风景一路歌，
山风吹来凉爽透。

越走越陡大汗流，
越爬越窄不再歌。
每步小心紧跟着，
打起精神不回头。
山路越险直线升，

两边悬崖腿直抖。
莫怪韩愈此处哭，
此处只盼后悔药。

往上看山峰入云，
回头望路没尽头。
同伴用劲拉住手，
越歇越会不想动。
咬紧牙关往上登，
离地越远天临头。
流干汗水耗尽力，
会当绝顶尽奇峰。

华山论剑出英雄，
奇险路径显真功。
金庸笔下众英杰，
能上华山无孬种。
人生之路如登山，
钢铁意志练真功。
欲观奇景无捷径，
不畏艰险登巅峰。

这辈子等过你

题记：重阳将至，此诗以慈父的口吻述说天下所有父母的心声，可怜天下父母心，愿天下父母健康幸福！

你出生时，
我在产科门口等你。
你上学了，
我在学校门口等你。
你上大学，
我在车站等你。
你工作了，
我还在站台等你。

凉风吹过叶子黄了，
慢慢地车站只剩下我的孤影。
渐渐地你回家的次数少了，
我在车站很难再等到你。
但我还是常常到车站的大树下，
假装散步其实还是傻等着你。

冬天到了，
我等你回家拿没带走的寒衣。
春天到了，
我盼望着你回家带来喜讯。
夏天到了，
我等你休假跟我们住在一起。
秋天到了，

我等你回家分享收获的话题。
就这样一直等着你，
等过了一个四季又一个四季。

我知道对你而言还有事业家庭，
可是对于父母而言你是全部唯一。
我继续等着你，
等你等到冰雪融化，
等你等到春回大地，
等你等到炎热夏季，
等你等到秋叶落地。

就这样一直再等下去，
直到皓发白首再无力气。
我只能待在家里等你，
总也等不到你回家的消息。
我知道雄鹰展翅千万里。
但是倦鸟总会有归期。
我知道我终将会老去，
但我感受最幸福的事，
就是这辈子等过你。

花中四君子

题记：梅、兰、竹、菊为古诗文中常提到的花中四君子，它们各具特色，个性鲜明，被赋予人格象征。

梅花寒冬开，
傲雪斗霜放。
严寒展风骨，
雪映报春芳。

兰花香清淡，
幽僻深处藏。
谦谦君子样，
亭亭显雅量。

竹劲冬不凋，
风雪愈顽强。
刚直坚韧铸，
高风亮节传。

菊开百花残，
秋深满地伤。
无意惹群芳，
绽放最壮观。

刀剑如梦

梦见刀光剑影，
持刀挥剑向前
战马嘶鸣声声催，
几杯醉过红颜。
明知去难回，
也要策马扬鞭。
回首相看泪眼，
英雄也会情牵。

惯看刀光剑影，
勇气划破云天。
战鼓隆隆尘土扬，
阳光闪亮刀剑。
如果处当年，
不会家中等闲。
持刀仗剑天下，
笑傲江湖似仙。

阅尽刀光剑影，
往事如梦似烟。
不再想称霸争雄，
也要奋勇争先。
确定了方向，
不顾一切向前。
抛弃尔虞我诈，
阳光照进心间。

时光太匆匆

题记：《论语·子罕》："子在川上曰：逝者如斯夫！不舍昼夜。"

看江水奔流，
叹潮起潮落。
年年月月日日，
时光匆匆而过。
充实每一天，
莫让时间挥霍。
几度秋风起，
人生几个秋。
壮志未酬已垂暮，
遗憾青春过。
时光太匆匆，
一去不再回头。

看斗转星移，
叹花开花落。
时时分分秒秒，
时光飞逝而过。
把握每一刻，
不让光阴虚度。
摘得辛勤果，
人生已晚秋。
大雁展翅空中鸣，

无悔芳华落。
时光太匆匆，
转眼瞬间流走。

为祖国高歌

题记：2018 年 10 月 1 日，建国 69 周年。

如果你是太阳，
我就是众星中的一颗。
如果你是大海，
我就是浪花中的一朵。
如果你是大树，
我就是绿叶中的一片，
如果你是建筑，
我就是小墙中的一垛。
你有雄伟壮丽的山河，
你有五千年文明的开拓。
你有四大发明的创造，
你有民族精神的相托。
我爱你悠久文明灿烂文化，
我爱你的民族精神朝气蓬勃。
我爱你的志向远大热爱和平，
我爱你自强不息雄壮巍峨。
我愿意做天上的白云，
为你美丽的山河而尽力衬托。
我愿意做地上的小草，
为你每一寸土地而顽强存活。
我愿意做春天的茧，
为你的繁荣而舍命相吐。
我愿意做垦荒的牛，

为你的强盛而努力拼搏。
我们无论身在哪里，
都会为祖国日益强大而骄傲。
我们无论走到哪里，
都会为祖国的繁荣富强而高歌。

风雨兼程

既然目标已经确定，
就要一路风雨兼程。
梦想与现实同在，
成功与艰辛共存。
前方有阳光灿烂，
也会有夜色深沉。
既有鸟语花香，
也会有狂风骤雨。
即使不舍昼夜，
也感叹时间驰骋。
不惜一切奋勇向前，
哪怕付出宝贵青春。
勇敢地追风逐雨，
牢牢抓住生命缰绳。
当至垂暮之年，
自豪有不悔人生。
无论结果是否圆满，
曾经一路风雨兼程。
只要心中装着火种，
生命便会涅槃重生。

热爱生活

生活像杯酒，
有苦也有甜。
生活像咖啡，
先苦然后甜。
生活像杯茶，
越喝越有味。
生活像喝水，
无味最珍贵。
生活是人生的历程，
生活是生命在唱歌。
有人高奏凯歌，
有人慷慨悲歌。
无论凯歌或悲歌，
俱不枉在世间走过。
热爱生活，
品尝各种各样滋味。
热爱生活，
生命中奏出欢乐的歌。

秋 歌

秋风送来了清爽，
平抑了烦躁的心情。
秋雨浇凉了土地，
过滤了闷热的空气。
秋月在云中穿行，
演绎了云伴月美景。
秋菊绽开百花残，
显示了怒放的生命。
秋霜浸染透枫叶，
增添了红色的印迹。
秋果挂满了枝头，
带来了收获的惊喜。
秋叶渐渐地变泥，
告知了能化腐为奇。
秋季婉约又多情，
体现了独有的魅力。
秋风秋雨秋月秋菊，
秋霜秋果秋叶秋季。
秋的一切一切，
如此的让我着迷。
你不像春太短暂，
没有夏的热冬的寒。
你让风雨送凉，
你使果叶落地。
你有花容月貌，

你变枫叶红影。
即使落叶伤感，
哪怕萧瑟煞意，
我都看成是秋的多情，
寒冬到来前的预警。
我深爱着秋天，
人间的良辰美景。

望星怀古思四贤

题记：我国古代历史上，为国尽忠的先贤灿若星河，屈原、文天祥、岳飞、范仲淹不仅有爱国壮举，更有激励后人的传世经典作品，他们是群星中最耀眼的星座，他们的爱国言行如日月永恒。

仰望夜空
穿越时空联想。
历史烟云，
难掩星光璀璨。
爱国四贤，
化为星座闪亮。
经典作品，
永留后世传扬。
屈原被逐系楚，
悲闻国亡投江。
留下《离骚》《天问》，
独创楚辞华章。
文天祥至死不降，
忠诚大义凛然。
《正气歌》荡气回肠，
还有力作《过零丁洋》。
怒发冲冠岳飞，
精忠报国不忘。
遗憾被害风波亭，
《满江红》千古传唱。
范仲淹心忧天下，

替百姓办事为官。
有《岳阳楼记》传诵，
堪称为官必读文章。
四贤爱国笃行，
更留精彩华章。
言行一致典范，
更有催人奋进力量。
回望苍穹，
越千年星光耀眼依然。
追思四贤，
看今朝经典作品流芳。

快乐运动最健康

给自己留点儿时间，
给自己留点儿空间。
放下工作走出户外，
调整心情随意步行。
快乐运动最健康，
千万不要自加压力。

给自己留点儿爱好，
给自己留点儿技艺。
放下辛苦走进场馆，
自选项目愉快比拼。
快乐运动最健康，
千万不要拼抢玩命。

给自己减少烦恼，
给自己延长寿命。
放下包袱锻炼身体，
量力而行适合自己。
快乐运动最健康，
松柏常青仙鹤长鸣。

给自己减少焦虑，
给自己增加信心。
人生不能事事如意，
必须做最好的自己。
快乐运动最健康，
生活幸福甘甜如蜜。

雨夜思

其一

夜间散步回，
落叶满地残。
忽然雨天降，
空气更清凉。
雨淋亭中躲，
独自在彷徨。
秋爽犹未尽，
转眼将冬寒。

其二

风吹树叶黄，
雨落暗自伤。
人生几个秋，
逝去不复返。
勤奋须及时，
莫等菊花香。
叶落又一年，
无奈轻声叹。

其三

雨歇天微亮，
星月云间藏。
天洗俱绝尘，

草木散清香。
莫道夜风冷，
老树抗风寒。
枯叶化成泥，
滋养百花香。

往事如烟

夜已寒化露成霜，
未成眠追忆好时光。
你是否也在怀想，
曾有过的美好向往。
正追逐着梦想，
不经意暮雪鬓霜。

天已冷化醉入梦，
睡梦中泪流成两行。
你是否也常怀念，
那撕心裂肺的过往。
也留下些遗憾，
想补偿回头太难。

梦醒来化羽成蝶，
推开窗眺望那远方。
你是否也会回味
梦醒后难眠的夜晚。
看袅袅的炊烟，
相伴着万丈霞光。

重回丽娃河

题记：丽娃河为华东师范大学校园里面的一条河，上世纪八十年代我在此度过四年美好时光。

我穿过薄雾走来，
两岸的柳枝风中摇摆。
水里绿草也在舞动，
像是迎接学子归来。
丽娃河有我满满的记忆，
往昔岁月难以忘怀。
阵阵轻风徐徐而来，
河边的笑声依然还在。
你以博大的胸怀，
助力万千学子成才。
如今又重回故地，
你迷人芳姿至今未改。

我披着晚霞离去，
河岸的鲜花尽情盛开。
水中红日也在涌动
像是邀我旧梦重来。
丽娃河有我深深的感情，
若有轮回重温芳泽。
片片彩云空中飞舞，
河里的清流添加虹彩。
你用包容的性格，

造就学子心装大爱。
沐浴着余晖作别，
你诱人风韵让我再来。

夏雨岛之恋

题记：夏雨岛是华东师范大学的一个景点，被丽娃河环抱。上世纪八十年代我读书时小岛曾被重重花柳、竹子覆盖。其面积不大，布局却极其繁复，为学子读书、情侣约会首选之地。

轻轻地来静静地去，
还是怀念你当初的模样。
透明玻璃房格外耀眼，
处处生机莺飞草长。
每到春暖花开的时节，
这里有醉人的馨香。
白天风吹着杨柳，
夜晚有迷人的月光。
有竹子的层层掩护，
成为情侣约会的地方。
在这里不仅仅有爱情，
还有诗歌和远方。
学子们也爱上岛读书，
对着美景激情飞扬。
社团也常在此活动，
夏雨诗社气势不凡。
岛上人气长盛不衰，
直到深秋才人稀地寒。
夏雨岛啊夏雨岛，
相别三十多年还是难忘。
尽管当时略显青涩，

但在这里度过人生最好时光。
尽管当时不懂得爱情，
但在这里感受到了爱的力量。

野草吟

题记：央视2018年中秋晚会节目《幽兰操》歌词为孔子首创、千年后韩愈唱和之传世经典，傍晚家中后山散步遇见秋风中的野草，为其生命力所动也作《野草吟》。

青青陇上，择闲而芳。
芸芸枯萎，孤芳自赏。

晨受朝露，夜映星光。
风雨寒暑，土的衣裳。

生于荒野，险恶无妨。
青叶甘根，污浊依然。

野火入泥，深埋希望。
春风吹过，遍地连芳。

野菊颂

题记：清晨漫步小山，竟然发现路旁几朵野菊花在静静地开放，遂成诗颂之。

晨曦寒意重，悠然霜上踏。
低头慎行走，偶见野菊花。

冷风吹且直，雨打腰挺拔。
荒野无滋养，大地把根扎。

天然无修饰，草中显芳华。
淡雅而清香，娇艳不属她。

怒放之生命，风雨压不垮。
大地之精灵，愈挫愈奋发。

输赢之间

题记：观看体育重大赛事有感。

输的时候，
不免发出怨叹。
赢的时候，
难免欣喜若狂。
其实输赢之间，
对手实力旗鼓相当。
在准备竞争之前，
双方都付出了血汗。

输的时候，
千万不要沮丧。
赢的时候，
千万不要狂妄。
其实输赢之间，
只是发挥在临场。
在竞争结束之后，
都要准备下次较量。

输赢只是暂时，
好运不会总在一方。
无论卫冕还是争冠，
都要认真训练苦备战。
赢要赢得坦荡，

输要输得悲壮。
只要竭尽全力搏杀，
就会有赢的希望。

夕阳颂

题记：2018年10月17日，重阳节。

夕阳红，
晚霞红满天。
彩云追着夕阳飞，
红光万道山川绘。
晚霞别样红，
大地添光辉。
夕阳映红天际，
耗尽余力无悔。

夕阳美，
黄昏最陶醉。
老树新绿有农家，
炊烟鲜菜美酒陪。
有客千里来，
新朋旧友会。
把盏畅叙旧事，
开怀不醉不归。

夕阳好，
从容又珍贵。
红日悠然耀山河，
光彩夺目尽余晖。
回首忆往事，

传承有智慧。
莫怨夕阳西下，
应叹天地轮回。

菊花赞

题记：菊花是中国传统名花，民间把农历九月称为“菊月”，正当金秋，菊花遍野。

冷风吹来时绽放，
散发着淡雅的清香。
娇媚不是你的称谓，
生命中彰显出豪放。
寒潮降时满是霜 ，
依然有花的俏模样。
千姿百态秀神韵，
赏心悦目吐芬芳。
花中君子不虚名，
清雅脱俗卓尔不凡。

寒意降临时怒放，
显露出傲骨般花瓣。
娇羞不是你的名字，
开放中显示出坚强。
枯叶残败满是伤，
仍然有花的笑模样。
凌霜盛开透霸气，
素雅坚贞威名扬。
纵然冬寒随风逝，
入茶入药永留芳香。

壮志在我胸

风阵阵寒，
化成了冰霜。
备好马鞍，
一身的戎装。
战马声声催，
征战去远方。
难舍妻儿，
不知可返？
壮志在我胸，
男儿当自强。
大漠狼烟起，
为国赴疆场。

天蒙蒙亮，
沐浴着晨光。
擦好刀剑，
战旗迎风展。
大军已出发，
马蹄踏冰霜。
难离父母，
别后安康？
壮志在我胸，
男儿当自强。
大漠狼烟起，
为国赴疆场。

我 和 你

你是朝露，
那我就是晨曦，
我和你，
一起迎接黎明。

你是晚霞，
那我就是彩云，
我和你，
一起等待星星。

你是航船，
那我就是风帆，
我和你，
一起大海航行。

你是河流，
那我就是高山，
我和你，
一起共享美景。

我和你，
是千年的缘，
我和你，
是天地美意。
不论沧桑巨变，
哪怕海枯石烂，
我和你，

发誓永不变心。

爱的旅程，
是满满甜蜜，
情的历程，
是美美回忆。
无论富裕健康，
还是贫穷疾病。
我和你，
一辈子生死相依。

走进婚礼殿堂，
意味责任专心。
我们共筑爱巢，
我们一起打拼。
岁月可以改变容颜，
永远改变不了真心。
当我们慢慢变老，
步履蹒跚秋叶满地，
相亲相伴的人，
依然是我和你。

风花雪月

风花雪月是一种心境，
是平凡生活的从容和淡定。
晨起沿着熟悉的小道漫步，
自由地大口呼吸新鲜空气。
白天重复着同样的工作，
与同事聊聊不同的话题。
黄昏踏着残叶散步，
独自徘徊享受难得的清静。
夜晚守着电视打盹，
直到上床进入了梦境。
日复一日从春夏到秋冬，
时光飞逝转眼过了四季。
风花雪月就这样平静，
为人间带来了安宁。

风花雪月也是一场浪漫，
人间上演多少故事和传奇。
侠女飒爽英姿的迷人风采，
剑客天马行空的潇洒身影。
荡气回肠难以割舍的恋情，
红尘中公子与红颜的交集。
前世今生痴心人情感纠葛，
人性中的善恶和阴暗光明。
朋友相聚时聊不完的话题，
车友们的长途自驾旅行。

大自然赋予人类美好时节，
百姓幸福安康生活甜蜜。
风花雪月历经沧海桑田，
日月交替中有别样风景。

枫叶礼赞

题记：每到秋天，南京栖霞山的枫叶灿烂无比，美不胜收。

枫叶似骄阳，
寒霜时灿烂无比。
枫叶如烈火，
鲜血浸染出生命。
秋风落叶降，
满目尽凋零。
你依然青翠色，
装点着大地。
秋深露为霜，
空气尽寒意。
你如火的色彩，
最后燃烧自己。
从凉爽到寒霜，
由绿转红宠辱不惊。
闲看花开花落，
冷对西风卷云。
在生命的最后时刻，
也要展现最壮美风景。
我欣赏枫叶，
它有绚丽的色彩。
我赞美枫叶，
它有顽强的生命。

惜时歌

时光飞逝，仰望晨曦。
夜去昼来，逐日追星。
大江东去，川流不息。
惜时如金，永恒话题。

科技主宰，日新月异。
紧跟时代，必须学习。
切忌贪玩，沉迷游戏。
珍惜时间，约束自己。

日复一日，来去太急。
诸事无成，芳华落尽。
皓发白首，只剩叹息。
青春无悔，必争朝夕。

山 中 行

秋深寒意重，我在山中行。
风凉荡尘净，空气愈清新。

野草枯又生，惦记客踏青。
根深植大地，风霜愈坚挺。

萧萧落叶下，片片含深情。
枯萎随风舞，落地渐成泥。

抬头向苍天，叹言草木情。
大雁北归时，再到山中行。

丹桂花香浓

题记：家中小院盆栽的丹桂树花开了，香气扑鼻，顿觉清爽，身心舒畅。

一轮秋月，
静悬于夜空。
庭院丹桂，
悄然花开香浓。
清亮的月光，
洒向丹桂花丛。
清爽的秋风，
把花香传送。
你生长百姓庭落，
依然玉树临风。
你花开寻常人家，
同样花姿从容。
你绽放在金秋，
把收获带进喜悦中。
你芳香四溢，
众香国里与众不同。
把你溶入食品，
香味使味道流动。
把你写进传说，
吴刚捧来桂花美酒。
把你放入四季，
只绽放在收获的金秋。

你虽美丽灿烂，
但不惧寒风袭弄。
你虽来自平凡，
花开却更香更浓。

石榴红了

坚硬的外壳，
掩藏着柔软的心。
青涩的表面，
暗含着火红的情。
渐渐地由青转红，
显露赤诚之心。
轻轻地剥开表皮，
满满红籽晶莹。
不是很多心，
而是太多情。
把红籽放在嘴里，
滋味冰甜润心。
把甜蜜放在心里，
回味得之不易。
石榴熟了，
让人们食之多益。
石榴红了，
给人间带来满满甜蜜。
你是勤劳的果实，
你更是果实中的精灵。
透过冰冷坚硬的表面，
其实你有热情善良的内心。

朝 阳

一轮红日，
从地平线上，
从高山之巅，
从大海的尽头，
冉冉地升起。
以磅礴的气势，
冲破迷雾，
离开天际，
跃上云层，
把光辉洒向大地。
这是火种，
点燃了热情。
这是光明，
驱散了黑暗。
这是希望，
鼓舞了勇气。
这是能量，
激发了动力。
新的生命诞生，
新的一天开启。
我们热爱生活，
我们珍惜光阴。
让我们打起精神，
披荊斩棘，
向着太阳，
勇敢地前进。

相逢一笑

人生本如戏，
恩怨也平常。
是是非非难道清，
小事应相让。
相逢一笑解百愁，
舒心才安康。

年青不经事，
得理不相让。
人生最悔少年狂，
风雨知冷暖。
相逢一笑解百忧，
双方皆雅量。

山高路崎岖，
河深急流湍。
前路艰险多迷茫，
且把恩怨放。
相逢一笑泯恩仇，
齐心排万难。

秋 叶 黄

秋叶黄，秋叶醉，
大地放光辉。
又是一年收获季，
凉风轻轻吹。
荷塘莲藕洗尽白，
河捞虾蟹鱼儿肥。
农田金黄稻儿香，
山坡果树满枝累。
勤劳的人们心儿醉，
欢天喜地满载归。

秋叶黄，秋叶飞，
满目秋景绘。
又到一年金黄季，
大雁向南飞。
银杏树下叶飞舞，
轻踏落叶去又回。
不舍山中秋意浓，
红枫遍野山河美。
善良的人们笑颜开，
蓝天白云喜作陪。

善待友情

时针走得飞块。
友情总令人难忘。
过去的就不必回头，
没有必要回望。
气候分冷暖，
人间有聚散。
年少多任性，
别后才知友善。

芳华稍纵即逝，
友情不免要冷淡。
失去的就难以追回，
没有必要遗憾。
自然有花香，
人间吐芬芳。
心底存善良，
朋友四面八方。

大雁展翅向南，
好友将远赴他乡。
分手时难免会感伤，
友情是否变样。
情感如美酒，
愈久愈醇香。
处友善为先，
友情地久天长。

交友之道

茫茫人海中，
处人易交友难。
泛泛之交难长久，
貌合神离迟早散。
言而无信慎相处，
遇事急需难指望。
君子之交交心，
所交之人必心中敬仰。
博学广闻品德高尚，
淡泊名利处世至善。

滚滚红尘里，
同甘易共苦难。
处友应学松竹梅，
岁寒三友傲雪霜。
劲松青竹抗霜冻，
傲雪红梅分外香。
疾风方知劲草，
可处之人应勇于担当。
同甘共苦忧愁分担，
坚忍不拔奋发向上。

让心永恒

漫长的时光，
不过是一次旅行。
缤纷季节里，
总有难忘的记忆。
或许是些悔恨，
也可能有惊异。
世有花开花落，
人会或悲或喜。
岁月的尘埃，
永远无法荡尽。

敞开胸怀，
晴空千万里，
打开心结，
海阔浪无边。
成与败，
如过往云烟。
悲与喜，
一场梦而已。
待到风烛残年，
且耳清目明。

洗净铅华，
留下执着沉静。
纵然染霜双鬓，
心也要年轻。

风吹雨打，
布满沧桑痕迹。
生命的细节，
有感动的回忆。
心依然在跳动，
雨后天仍然会晴。